KB271992

머무는 자리

공감시인선 72
머무는 자리
ⓒ 성정희, 2026

지은이_ 성정희

발 행 인_ 이도훈
펴 낸 곳_ 파란하늘
초판발행_ 2026년 4월 10일

사무실_ 서울시 서초구 법원로3길 19, 2층 W109호
            (서초동, 양지원빌딩)
전 화_ 02) 595-4621, 010-6722-4621
팩 스_ 050-4227-4621
이메일_ flyhun9@naver.com
홈페이지_ www.dohun.kr

ISBN_ 979-11-94737-53-7 03810
정가_ 13,000원

머무는 자리

성 정 희 시집

파란하늘

시인의 말

몸은

말보다 먼저

시간을 안다

이 시들은

살아낸 몸이 남긴

작은 기록이다

누군가의 저녁에

불 하나 켜 두는 마음으로

이 책을 놓아둔다

2026년 봄

성정희

차례

1부 햇살이 내어준 자리

3부 사라지지 않는 말

해설

1부

햇살이 내어준 자리

동백이 지고

여름 어느 날 봉오리를 맺고

기다리는 기쁨을 주었다

꽃이 피어 가족들 얼굴 환했는데

붉어서 더 좋은

최고의 찬사를 듣고는

모두 잠든 시간에

꽃잎이 부서지고 떨어져 있다

시들어가는 꽃을 보았다면

더 오래 눈 맞추고

시든 꽃잎 마지막 손길

다듬어 주기도 하였을 텐데

멍하니 화분만 바라보면서

건강한 지인

부고장을 받아 멈춘 시간

겨울 산

아무것도

바르지 않은 민낯에

알몸인 산 앞에 설 때

두꺼운 외투를 입을 수는 있어도

부지런히 쌓아 온

자랑과 체면은

내려놓아야 한다

산은 조용히 말한다

너도 다 벗어버리고

나에게 오너라

그리하면

나는

좋은 친구가 되어 주마

작은 생명

보도블록 틈 사이에서
수줍게 피어난
이름 모를 작은 꽃
걸음을 멈춰 바라본다

고개를 들었다면
지나가는 발부리에 밟혀
활짝 피우지 못했을 꽃

좁은 틈, 그 앉은자리가
스스로 지켜낸 자리임을
끝까지 지켜낸 꽃 앞에서

작은 생명이여
나를 부끄럽게 하여
고개를 숙이게 한다

한 송이로 모이는 이름

꽃잎 몇 장으로 피어난 것이 아니다

한 송이 꽃이 된 것은

몇십 장의 꽃잎이

흩어지지 않고 함께 머물러서다

바람은 서로 감싸주고

햇빛도 모아 안아 주며

지나가는 사람들 칭찬까지 건네받아

줄지어 한 송이씩 피어난다

겹겹이

서로 안고 안기며 하나가 되는

여린 꽃잎 한 장 한 장 세면서

마음도 얼굴도 밝아지는

마흔다섯 장, 그보다 더 많기도 한

한 송이로 피어난 이름 장미

봄을 기다리는 것은

찬바람에 웅크리고 걸어도

춥지 않다고

주문처럼 중얼거려 본다

뿌리를 지켜온 것들에는

새싹을 밀어 올리는

대지의 힘이 살아 있다

하늘이 온통 회색빛으로

미세먼지에 잠긴 날이어도

꽃은 피워 주겠다고

바람도, 햇살도

첫 만남처럼 손가락 세고 있다

준비하지 못한 겨울은 더 춥지만

메마른 가지라도

밑동을 버텨 낸다면

새순은 돋고 잎이 무성해져

그늘을 만들 수 있다

산을 품은 호수

불긋 물든 가을 산

호수에 잠긴 산은 색이 없다

얼마나 마음이 깊어야

차별도 등급도 없이 안아 줄까

호수는 할머니 마음

해 그림자 따라 팔 벌린다

꽃이 피면 울다가 꽃이 지고

산이 높아 울다가 산을 품은

딸 하나 낳고

이십 대 남편 사별한 이모할머니

부모 없는 아이들 수양딸로 키워 주고

작은 키는 보이지 않고 호수만 보인다

호수에 담긴 산

물끄러미 바라보는 내 마음

산이 되었다가 호수가 되었다가

복잡하고 얽힌 낯선 인연들

호수는 말하고 있다

잠잠히 기다리면 스며든다

첫눈

첫눈이 내렸다
속살 고운 여인의 알몸처럼
손으로 만지고 뒹굴고 싶다

아무 생각 없이
보기만 하여도 마음이 붕
풍선 되어 날고 싶다

옆에 누구 없소
두 팔 벌려 꼭 안고
팔짝팔짝 뛰고 소리치고 싶다

첫눈이에요
첫눈이에요

젖은 옷을 입은 것 같은 삶의 허물
훌러덩 벗어버리고

게으르게 무엇이나 천천히

오래오래 포옹하고 싶다

흔들리면서 남은 것들

십일월 단풍은

무명의 시간을 견디어 낸 배우처럼

어떤 날씨도 박수로 들린다

끝까지 매달린 생명

여린 잎새에 바람과 천둥번개

스치고 지나간 상처들

잎마다 선명한 흔적이 남아 있다

흔들리면서도 고운 색으로 물든 잎

바람에 떨어지고 날려도

사람들 마음까지 물들였으니

이제 밟고 지나가는

바스락 소리는

사랑하는 자의 신호처럼

걸음이 가벼운 대공원 둘레길

말이 거름이 되는 날

다섯 살, 네 살 아이들

아파트 정원에 쪼그리고 앉아

비닐 팩에 낙엽을 모으고 있다

신기한 장난감 만지듯

빨갛고 노란 잎을 흔들며

큰소리 경쟁으로 자랑한다

아이들 행동이

내 마음에 물들어

고운 말 수북수북

겨울 나무 뿌리까지 거름이 되어

내년에는

새순으로 돋아났으면

하얀 꽃 앞에서

청보리밭에

이삭이 트기 시작하면

곶자왈에는 삥이 순이 올라오고

돌무덤 사이에는

아가의 손처럼 고사리가 있고

눈처럼 하얀 찔레꽃도 피었다

삥이 순을 뽑아

하얀 속살을 씹다가

돌무덤이 멈칫 무서워도

동네 아이들은 찔레의 여린 순

달짝지근한 맛에

가시에 손이 찔리면서도

혀의 유혹을 떨치지 못했다

어른이 된 나는

장례식장 하얀 꽃 앞에서

오래도록 찔레꽃을 생각하고

손이 아닌 가슴으로

밥 한 그릇을

민망하게 먹고 있다

고사리

당당하게 손을 펼칠 거야

땅을 밀어 올리고

주먹처럼 말린 손

나비와 벌

향기 없다고 찾아오지 않아도

사람들이 모가지를

바짝 꺾는다 해도

빛보다 먼저 그늘을 살피며

꺾인 자리 다시 옆으로 뻗칠 거야

가시덤불도 나를 말리지 못해

꺾을 테면 꺾어 봐

뿌리는

없어지지 않아

벼슬 나무

일 년에 몇 달은

벌거숭이로 동안거 한다

귀가 아프게 쌩쌩 수군거려도

하얀 거짓말 가지마다 올라타도

어느 날 정의로운 햇살에

천천히 녹아내릴 터이니

벌레 먹은 부끄러운 몸

감추지 말고

알몸으로 내보이면

헹기못 황천강 요단강 근처에서

다시 태어나는 숨을 얻고

백 년, 이백 년, 천 년을

세월 속에 살아갈 수도

스투키

공기 정화에 좋다 해서
올랑졸랑 어울리는 걸로
거실 한쪽에 놓았다

실렘과 호기심으로
날마다 눈 맞췄다
가끔 까칠한 여인의 독소처럼
삐죽삐죽 끝에 손이 찔린다

언제부터 한 줄기가
죽순보다 더 빠른 속도로
쑥쑥
천장도 뚫을 기세다

지켜보니 고집불통이다
어울릴 줄도
소통할 줄도 통 모른다

혼자 잘난 척해서

왕따가 되어 간다

그대로 놔둬야 하나

싹둑

잘라버릴 것인가

세상과 어울릴 줄 몰라

눈 밖에 난

스투키 한줄기

돌하르방 봄

4·3 이야기는 비밀이었다

어머니와 아버지

삼촌들은

동굴에 숨어 살았다

밤새 어디서 총살될지 몰라

입을 다물었다

곶자왈에서 동면한 뱀

봄이 되어도 나오지 못한 채

자식에게도 자세히 전하지 못한

70년이 지난 후 4월

분홍으로 산화된 넋들이

한라산에 피어나고

관덕정

말 없는 돌하르방 큰 눈망울

유난히 하얗게 불 밝힌

벚나무의 부활을 보고 있다

삼다도

바람

오염된 공기는 얼씬도 못 하게

함부로 끼어들지 말라고

세차게 몰아친다

돌담

돌밭에서 거친 바람도 막고

열 자식도 길러냈다

돌부리 부딪혀도

성질부려 걷어차지 마라

여자

해녀의 숨비소리 기억해라

모찌기 노래처럼

가족의 생명줄 이어 왔다

누구라도 한 번쯤은

가고 싶은 그곳에는

돌담처럼 묵묵히 버텨 온 사람들

오름처럼 둥글게 살아간다

여름 숲

사분사분 무엇을 말해도

끄덕끄덕

큰 나무 작은 나무

굽어진 나무

바닥에 엎드린

말라깽이 작은 풀도

꽃을 피우게 하는

벌거숭이로 기어서 가면

다시 읽고 싶은 수필처럼

숲의 문장에서 느낌표를 읽고

컬컬한 바람 소리

간지러운 속삭임도

그냥 반기는 몸짓으로

걸음이 날개가 되어 구름이 된 듯

그늘이 있는 곳에서 빛을 보면

오염되지 않은 햇살 같은 마음

누구라도

다정하게 손잡게 한다

삼월

무엇이든 심어 보자
싹이 나오겠지
일월은 들뜬 계획의 달
이월은 작심삼일 반복되는 달

삼월은
진짜 시작하는 달이다
씨 있는 것들은 근질근질
밀어 올리고
탈출하고 싶은 반항

움직이지 않고
고정된 공간에 있다면
어찌 꽃을 볼 수 있으랴
뛰어서 나가자
꽃을 심으러 가자

아이 웃음처럼 신선한 삼월

호미 들고

대지의 굳은 흙을 뒤집어

나란히

평등하게 움트는 새싹을 키워보자

가지치기

음력 이월이면

과수원 나무 가지치기한다

가지를 잘 치는 것은

나무를 오래 봐야 알 수 있다

튼실한 열매는

농부의 자부심

잘라버리기 아까워

부실한 열매로 남은 시

지나가던 사람들

눈길도 안 준다

키위

무엇으로 그대의 눈에

썸을 탈까

고려산 봄빛도 아니고

과수원 가을빛도 아닌

누리끼리한 얼굴

만지면 삼베처럼 까슬하다

중심을 본다는 전능자의 말씀

가슴 깊이 새기고

씨앗까지 숨죽이며

잠잠히 기다리면 새콤하고 달콤한 속

굳은 변비도 말랑하게

그대 품고

편안히 잠들게 하는

부드러운 속살이여

기도와 식탁

궁금했어요

교회에도 성당에도

절에서도

두 손을 모으거나

손바닥을 펴는 사람

대부분 여자예요

그런데 이상해요

어물전에서는

시퍼런 눈동자만 달라 해요

내장 해부하고 토막 내고

날 선 칼이 무디다

투덜대잖아요

국물이 잘 우러났는지

뼛속까지 팔팔 끓여야

속이 시원하다

냄비째 식탁에 놓는 거예요

이번에는 양이 덜 찼나 봐요

다음을 또 궁리해요

꿈틀거리는 것으로

탕탕

낙지 연포탕을

개나리

가을걷이 끝나고

잠시 쉬는가 싶다가도

대한大寒이 지나면

깊은 잠은 없다

가지마다 골고루 살펴야 한다

햇살에 부딪힌 바람이

살랑대면

입술부터 내민다

빠른 걸음으로

다급하면 달려야 한다

한낮 근질근질

밀어내는 힘이 느껴질 때

어깨동무하고 함성을 질러보는 것이다

일어나라, 피어라

산에도 들에도 한강 변도

가난한 집 울타리도

오지 않는 손

귤나무가 우울해요
보약을 주고
머리도 자르고
날마다 찾아와 대화해도
시무룩하고 관심이 없어요

가지에서 접목하고
일 년, 이 년, 삼 년
몇십 년
행동으로 꽃을 피워 준
그 손을 느끼고 싶대요

그 친구는 이제 늙어서
허리가 굽고
다리가 비틀비틀
올 수가 없다고 했어요

뚝뚝 눈물처럼

슬픈 꽃이 떨어지고

쪼글쪼글

손등 같은 열매 맺다가

툭

아버지

그곳에 앉아 있다

석촌호수

4월의 밤
석촌호수에는
벚꽃 달 줄지어 있다

그중에 몇 개 건져
품속에 넣고
까르르까르르
맑은 웃음소리 들어본다

얼마나 오랜만인가
여름밤 멍석에 누워 헤아리던 별
흩날리는 꽃송이가 되어
천천히 한 줌 소복이
주머니에 넣는다

버찌 주워 먹던 아이들
반질반질한 코흘리개 소년

눈이 큰 단발머리 소녀

어디에서 사는지 알 수 없는

입술이 까맣게 물든 동무들

호수에 출렁인다

바람아, 꽃바람아

선을 지키는 자

경쟁으로 자랑하는

아파트 정원

누가 높으냐

누가 크냐

누가 최고냐

울타리는

작은 나무의 집합

단정하게 긴장하며

선을 지킨다

햇살이 내어준 자리

창가의 햇살은

의자 하나를 갖다 놓게 한다

창밖은 영하의 날씨

앞산은 장례식 상주의 옷처럼

색을 모두 잃고 서 있다

지인의 갑작스러운 부고장

짧은 인사로 다녀온 조문

산을 바라보는 나는

눈으로 덮어 버린 색들이

자꾸만 떠오르는데

마음에 의자 하나

놓아 주지 못해서

햇살은 의자가 되라 한다

앉은자리

잘 익은 살구는 아집이 없다

양손으로 나누면 부드럽고 깔끔하게
어떻게 지켜온 내 자리라고
집착하지 않고 내준다

말랑함으로 겉과 속 나눌 때
살 같은 흔적 붙여 놓고 싶기도 할 텐데
앉은자리에 부스러기도 남기지 않은

부끄럼 타는 여자아이 볼 같은 열매

꼿꼿한 칠월
살구를 먹는 자리에는
누구라도 씨 고집 제거하려고

날카로운 기구로 상처를 주는 일은 없다

4월의 초청장

땅이 발을 구르는 달

진달래는 제일 먼저
분홍 옷을 입고 생긋생긋

민들레는 긴 목을 세워
절도 있게 탱고를 추고

벚꽃은 경쾌하게
흔들면서 왈츠를 춘다

목련은 우아하게 드레스를 입고
블루스에 몸을 맡긴다

나도 초청받은 몸이 되어
가만히 흔들어 본다

시댁 가는 길

버선밭 지나 춘향터널
도령고개를 넘는다

처음 인사 가는 길
아이처럼 바깥 풍경에 들떴다

동네 입구에서 내려 걸어가는데
나무는 우거지고 잘 어울리는 바위

"여기서 좀 쉬어 가요"

무응답 말끝이 바람에 흩어지고
걸음이 더 빨라진다

날은 저물고 다리는 묵직해지고
이렇게 좋은 자리인데
왜 그냥 지나치는지

발끝으로 돌을 툭 찼다

나중에 들었다
밤이면
그 자리에 하얀 사람이 선다고

이어지는 숨

나를 사랑하고
관계를 온전히 사랑하고

내 몸이 흙이 되어 먼지가 되고
구름이 되어 빗물이 되어서

풀잎 끝에 맺히고
강물에 스미며
누군가의 목을 적셔

모든 살아 있는 것과 만나
싱싱하게
서로를 이어 간다면

사라지는 것이 아니라
숨의 결을 달리해
다시 어디엔가 머무는 자리

보톡스 맞고 오는 봄

지나갈 것을 알면서도

다시 기다려지는 봄은

첫 출근 설렘처럼

거울 앞에 서서

머리를 만지게 한다

축젯날 폭죽 하늘에 퍼지듯

활짝 핀 봄꽃을 바라보는 동안

누군가를 꽃처럼 보게 하는

해마다 봄은

보톡스 맞은 얼굴로 온다

2부

무늬 없는 그릇

무늬 없는 그릇

백화점 그릇 매장 구경하다

주방 그릇을 바꿀까 하는 생각

잠시 흔들린다

화려한 그릇에 눈이 멈추고

도예가가 만든

개성 있는 그릇 앞에 오래 선다

오랜 인연 이어온 손의 기억

쉽게 떠나보내지 못하고

무겁고 밋밋해도 순박해서

어릴 적 코 흘리던 시절

동무 같은 그릇

꾸밈없는 얼굴에 음식을 담으면

오로지 음식만 돋보이고

내가 꽃이 아니어도

상대를 꽂이게 한다

자주 만나지 않아도
명절 때는 꼭 찾게 되는
무늬 없는 그릇은
변하지 않은 중심이다

말의 온도

아파트 계단 청소하는 할머니

몸짓은 조용하고

웃음으로 말한다

인사를 건네면 뜻밖의 한마디

말의 온도가 난로가 되어

따뜻한 차를 마신 것처럼

– 생활 전선에 연세가 있는데 고생하시네

섣부른 동정심이 부끄럽다

스스로 행복하고 주위가 환한데

할머니의 말은

평생 습관이 된

꽃을 가꾸는 정원이다

날마다 뱉어내는 말

내가 건네는

말의 온도는 몇 도일까

낙타 그림자

액자 속 사진이 된다
낙타에 앉은 사람보다
사막 위에 더 선명한 그림자

수많은 발자국이 사라져도
변하지 않은 색으로 그려진
낙타의 걸음

사막이 언덕으로 변하고
먼 먼 훗날
바람의 혼으로 스쳐 가도

오늘 주인의 뜻에 충실한
낙타의 순진한 눈망울과 긴 속눈썹
열여섯
남자와 여자의 첫 떨림처럼

속사람은 낙타로 남아서

이방인에게도

잊히지 않는 그림자로 남는다

총각무

이파리도 싱싱

알맹이도 튼실

동네 마트에서 열 단을 샀다

흙을 털고 다듬으면서

히죽 혼자 웃는다

모양새가 하나같이

남자 거시기와 꼭 닮았다

신혼여행에서 기겁한

거시기도 있고

포경수술한

초등학생 아들 거시기도 있다

올겨울

눈 펑펑 내리는 날

한번에 쑥 구멍 난

잘 쪄낸 호박 고구마

천생연분이다

호호 앗 뜨거워

요 모양 저 모양

웃음 항아리 가득 담아

긴긴 동짓달 그믐밤

백 년 농사 잘 지으라며

아들, 딸 몫 챙긴다

콩나물국밥

키는 오르고 몸은 안으로 힘을 모은다

검은 그물망 머리에 씌우고

아래로 매일 물을 흘려보내도

얼마나 갑갑하겠냐고

검은 망을 벗기고 환한 빛을 준다면

되돌릴 수 없는 싹이 될 수도

빨래판 골을 닮은

할머니 손, 시간의 무게

흘려버리는 물인 줄 알면서도

내 손이 너에게 온기를 남긴다면

삶의 끈이 흔들리던 날

한 그릇의 국밥으로 와서

생명의 단단한 힘줄을 만들게 한다

일등급

여행 갈 때는

혼자서 조용히 갈 수도 있지만

누구와 갈 것인가 생각한다

웃고 떠들고 먹고 마시는

맞장구를 쳐주고

낡은 팬티 같은 일상은 벗어버려라

내일은 내 것이 아니고

가슴 벅찬 오늘 내가 아니어도 괜찮다

관계도 등급이 있다

국방을 지키는 장병처럼

그대들 속에 내가 있으니

낯선 곳에서도 두 팔을 벌리면

한 그루의 나무가 된다

귀가 열렸을 때

눈을 떠도 보이지 않던 앞
몇 번이나 낭떠러지를 스쳐 갔다

운전대를 잡으면
귀를 닫고
내 의지대로 달렸다

터널 속에 갇혀서야
비로소
간절함으로 귀가 열렸고

사랑의 말에 눈이 밝아져
몸의 안과 밖에 빛이 보이고
암막 커튼을 걷었다

세상의 소리 하나하나
내 안으로 들어와

다시 뜨거워지는 숨결로

새로운 하루를 맞는다

낮과 밤

잊어버리는 것은
바람 부는 낮이었다

셀 수 없이 스쳐 간 일들을
손과 발, 가슴으로
건너며 살았는데

밤은
아픈 가시만
심장에 박혔다

삼키지 못하고
뱉어 버린
지워지지 않는 흉터 같은 말

나를 부끄럽게 하네
안아 주지 못한 것들에 대하여

변비와 뇌물

가장 비밀스럽고
고통스러운

나이와 분수 잊고
먹이 활동 유혹에
욕심을 삼켰다

티브이 화면에는
누가 알 리 없지
모르쇠 침묵이다

몸속에서 굳어진
돈 덩어리
냄새 고약하다

재지 않는 날

어제도 오늘도
프로크루스테스* 침대

내일은
오직 사랑만 남기를 꿈꾸는

내가 되고 싶은 나는 어디에도 없고
그토록 경멸한 내가 되어
저녁에는 스스로를 비웃는다

재단된 기억들 사이에서
잘린 쪽과 늘어난 쪽을
침대 끝에 남겨진 채

나로부터 너무 멀리 와 있음을
모르고 살아도 아무렇지 않은 일들

재지 않은 침대에 눕고

내일은 새 구두를 사고 싶다

* 그리스 신화에 나오는 인물.

구직

동네 도서관에 갔다

희극 배우보다 더 웃음을 주는

시인의 시집 슬슬 웃는다

한 남자가 들어왔다

책도 고르기 전에

한숨 소리가 크다

뭐야

조용한 도서관에서

뒷자리 바스락바스락

해녀의 숨비소리와 겹쳐 들려온다

볼일도 없는데 일어나서

몰래 곁눈질했다

남자의 앞에는 신문이 수북하다

시를 읽는 나는
괜히 미안하고 조심스럽다

구멍 난 양말 신고
상갓집 간 듯 숨죽이며
시집을 당겨 감춘다

조준

알몸으로 사냥해
어깨에 둘러메고
화려한 장식 하나 더하는
유전자

콘크리트 건물에 갇혀
월
화
수
목
금
길들여지는 야성

화장실 소변기 중앙
파리 한 마리
정확하게 적중하고

승리의 쾌감에 으쓱한

수컷의 본능

성당 가는 길

가로수 길에는
순백의 부케를 들고
연두색 드레스를 입은 천사들
손을 흔들고 반기고 있다

마음과 행동이 어긋난 날들
얼룩진 옷을 입은 부끄러움
고개를 숙이고
발부리만 보며 걷는다

오월은
산 자와 죽은 자 모두에게
사랑만 기억하라 한다
사랑이면
다 이루었다고 낮게 속삭인다

오염되지 않은 사랑

매일매일

이팝나무꽃이 되라고

밤나무 세 그루

친구를 자랑하고 싶어 가을을 기다린다

할머니는 여든이 넘어도 혼자 산다

할아버지 생각이 나면

집 뒤 밤나무에 가서

이런저런 이야기를 하다

친구가 되었다

신부님과 아이들 왔다가면

웃음소리가 자꾸만 잠자리에서도 들려서

겨울을 지나 밤꽃 필 때까지

손가락을 세며

다시 만날 수 있기를 기도한다

올해는 연락이 없어

밤나무 밑을 서성이는 사람들

눈감아주며 모르는 척했다

밤을 줍는 아이들

별빛 같은 눈동자

늦게라도 올지 모른다는 믿음에서

오며 가며 지키고 있는

밤나무 세 그루

친구는 할머니의 마음을 알고

단단히 붙잡아 주는 밤송이

할머니는

이른 아침 밤나무에 인사하러 간다

날개가 돋은 날

칠천 원 점심의 해방감
공사 현장 그늘에서
나비가 되는 꿈을 꾼다

출근할 때 일당 헤아려
가볍다가 무겁다가
장마철 날씨
그래도 요 며칠은 반짝해서

구부리는 철근도 부드러워지고
강렬한 햇살도 살가워
목소리도 쇠처럼 단단하다

몇 년째 요양병원에 계신 어머니
고2 아들의 학원비
허기진 일당은
삼십 배 육십 배로 늘어나고

이대로 한 삼십 분 후에

벨이 울린다면

오후에는 겨드랑이에

날개가 돋겠다

허리를 굽히는 일

텔레비전에서는

강화 바다

조개가 바구니 가득 담고 있다

조개잡이 간다

창밖 한강은 반짝이는 비즈

모두 조개처럼 보인다

물때를 기다렸다가

바다에 들어서고

여기저기 파헤쳐도

손에 잡히는 것은 없다

조개를 잡는 일은

바다와 한 몸

물때를 읽고 물과 호흡하는

매일매일 허리를 굽혀 경배하는 것

갯바위에 앉아

빨간 줄을 긋지 않은 바다에

조개가 뱉은 물 같은 부끄러운 일

고백하고 있다

적당이라는 값

실을 길게 하고

바지 단을 꿰매다 그만 꼬였다

조심스럽게 당겨 봐도 풀리지 않는다

이 정도는 되어야지 하는 짐작이

엉켜버린 실이 되었다

가위로 싹둑 자르고

처음부터 시작했지만

적당이라는 값을 몰라서

멀어진 관계

시간이 지날수록 풀지 못하고

벚꽃 송이 흩날리는 마음

몇 번씩 생각을 외우다가

고개를 돌려도

보지 못하는 등이 되었다

아메리카노는 푸른색

송도 거대한 카페에는

사람들 파시가 되어

파닥거리는 대화 싱싱하다

경매표를 받은 손 번호표 붙잡고

빨간불 들어오면 빠른 걸음으로

양손에 든 검은 바다

항구에 도착한 안도감

파도를 넘기는 목젖

아메리카노는

잔잔한 푸른 바다다

사춘기 여자아이

까맣다는 말이 제일 듣기 싫어

거친 수세미로 문질렀던 색

푸른색이라고

바닥의 숨

귤 상자 택배가 왔다

매일 꺼내 먹으면서도

자세히 살피지 못했다

밑바닥이 드러날수록

곰팡이가 나고 상한 것이 있다

위로 눌리고 사방이 막혀

숨구멍이라도 있어야 하는데

스스로 버티다

속으로 화병이 들었나 보다

너도 그렇구나

한번쯤은 바닥도 살피고

보살펴 주기도 하고

신선한 바람도 필요한 것을

짝

베란다 구석

화초 지지대 몇 개

힘을 잃고 있다

햇살이 방을 넘보는 한낮

주인의 도움으로

고무줄로

어색한 손 꼭 잡고

짝이 되는 연습

몇 번을 밀었다가 뺐다

부끄럽고 숨겨진 비밀

장롱 밑 깊숙한 곳

숨은 먼지 말끔히 닦아 주고

온전한 하나가 되었다

짝사랑

기상관측 이래 처음이라는

올여름 더위처럼

걸어가다가

일하다가

밥 먹다가

잠자다 깨어나서도

끈적끈적

지쳐 떠나기를 바라다가

소나기처럼

언제 올지 모른다

낡은 소파

아무도 보는 이 없다고
훌러덩 벗어 비스듬히 눕고

숨기고 싶은 은밀한 사랑 꿈꾸던
깊은 밤
속닥속닥 비밀

말은 없어도
몸의 감각은 알고 있지

며칠만 기다려주자
반듯하고 가볍게
떠나 주겠지

한때 흔들렸지만
오랜 주인이 동행이야

너를 붙잡으려고

잠자리에서 불쑥 떠오른 너

흐뭇하고 반가워

곶감 실에 꿰듯 말 늘어놓았어

한 번에 끌려오는 자석의 힘을 꿈꾸다

아리송한 몸짓이 아닌

단순하고 세련된 첫인상 남기고 싶었어

손안에 잡힌 시상詩想을 놓치고 싶지 않아

식탁에서 지하철에서 잠자리에서

마음에서 멀어지지 않게 꼭 붙잡았지

오래도록 만남 이어지길 바라는 마음에

매일 너를 만나다가

혼자 반해 버렸지

한참 후에 다시 너를 들여다보니

처음 만난 두근거림은 희미해지고

외출 약속을 미루고 있는 거야

사랑 항아리

나의 젊음은

부끄러움으로

항아리가 가득하다

지난날을

하나로 응축한다면 욕심이었다

모래알처럼

뱉어 버린 말들은

차라리 침묵했다면

몽돌의 묵직함으로

관계가 튼실했을 텐데

말은 줄이고

사랑만 가득 찬 항아리 하나

남길 수 있기를

저녁에는 술잔을 들자

서쪽 하늘에는

그대를 향한 만찬을 준비하고 있다

노부부의 눈빛으로

붉은 포도주가 하늘에 물들고 있다

힘들고 뜻대로 안 된 일 있어도

어머니의 시간으로 견디어 낸

오늘은 살아낸 날

잔을 들어 그대를 위한 건배

바람도 숨을 고르고

별은 빛날 테니

거품을 지우는 일

설거지하다가

구석진 곳에 숨어 있던

의식을 꺼낸다

오랫동안 행해 온 습관

거품이 있어야 그릇도, 빨래도

잘 씻었다는 손의 기억을

지우는 데는 오래 걸린다

부풀어 오른 세제처럼

순간을 포장했던 이름들

넘겨버린 달력에서 걸어 나와

금방 정리가 끝난 싱크대에 앉아 있다

흐리거나 맑거나

밥은 먹어야 하는데

내 안에 간수看守는

지켜보고 있을 것이다

날마다 거품이 없는지

쉽게 쓴 시

글자가 틀려도 알아듣듯
몸의 언어는 행동이 먼저다

울고 웃고
다시 고개 끄덕이고

바람 부는 날
주머니에 손을 넣고
잊었던 명함 하나 꺼내

한참을 들여다보듯
중얼중얼 애송하다 보면

흔들리는 나무가 바람 탓이 아니고
바람이 있어 강해지기도 한다는 걸

비밀이야

너만 알고 있어

귓속말 속닥속닥

특별한 대접으로

근사한 레스토랑에

초대받은 기분

상대에게 호감을 건네지

헤어지는 순간

마음은 더 소란스러운

듣지 말아야 하는 말

은밀한 곳에 있는 점처럼

끝까지 혼자만 알아야 하는데

시끌시끌 어시장 활어처럼

누구에게 팔릴지 몰라

별이 빛나는 밤[*]

하늘은 가만히 있지 못한다

붓질하듯 빛이 흔들리고

나는 그림 속으로 한 걸음 들어간다

하늘에 파도가 회오리치고 있다

우주를 다 쓸어 버릴

태풍의 눈이

아래를 내려다본다

소용돌이치는 폭풍 일어난다

귀 잘린 화가의 그림에

보름달을 그리고

무지갯빛 별을 그려 넣고 싶다

* 빈센트 반 고흐의 그림 제목

밥심

시골에서 얻어온 호박

한쪽은 푸르스레

한쪽은 누르스레

환절기 옷차림이다

혼자 살겠다는 아들 딸

겉모습만 보지 말고

어우러지는 맛 만들어 보라

큰 그릇에

못난이 재료 듬뿍 넣어 끓이니

자꾸 손이 가는 맛이다

둥그렇게 둘러앉아

부딪히는 웃음소리가 커지고

씨름 선수 허벅지 같은 힘은

혼자서는 어림도 없다

고리

큐빅이 박힌 자석 팔찌

기능보다 장신구

외출할 때 동행한다

어느 날

연결된 부위가 끊어졌다

다시 이어서 사용해야지 하다가

몇 달 잊고 있었다

그 사이 마음 변하고

그냥 버릴까, 고쳐서 쓸까

흔들리기 시작한다

생각해 보니

사소한 감정으로 끊어진 인연

하루 이틀 미루다

영영 멀어지고 말았다

사파리 관광

곰이 두 발로
우뚝 서서 걷고 있다

건빵 받아먹으려고
눈이 멀었지

별식 유혹에 고개를 쳐들고
직립 보행이다

화려했던 유명 인사들
먹이의 유혹에

자동차 바퀴 따라
혀를 내밀다

털썩 주저앉은
동물원 곰

오늘은

거기가 아닌 여기에 있다

네가 있어 가슴이 뜨거워지고
거울을 보고 있네
나, 여기에 있어

꽃도 보고
창살에 비치는 햇빛과
기분 좋은 포옹을 하고

나풀나풀 내리는 눈송이를 보면
네가 보고 싶어지네
나, 여기에 있어

때론 속울음으로
모든 것이 축축하기도 하고
그런 날은

혹시 거기에 닿을까

시계 초침 소리가

거기서 오는 사람 발걸음일까

이불을 뒤집어쓰기도 하지만

오늘

여기에 있다는 것은

다시 사랑할 수 있다는

떨림이 있네

꽃과 손

찬바람이 불면

길거리에 꽃을 보기 어렵다

따뜻해야 꽃이 핀다

늘 꽃을 볼 수 있는

덥고 가난한 어느 나라는

사람들 얼굴이 밝다고 한다

나는 유난히 손이 차가워

오랜만에 반가운 사람 만나

악수하려면

먼저 건네는 말이 있다

손이 차갑습니다

그 말이

꽃을 피우지 못하는 손 같아

귀가 빨개진다

십일월의 저녁

흔들리는 시간은 식탁이다

뚝배기의 식어가는 온기처럼
사그라지는 서쪽 하늘

툭 하고
떨어지는 허무의 시간

기다리는 자 오지 않음이
차려진 식탁 허전함이

캣츠비 같은 헛된 사랑
거실을 맴돈다

누수漏水

구석에 있어서

처음엔

아무도 모르게 울었지

조용한 울음은

들리지 않는다는 걸

시간이 가르쳐 주었어

하루가 지나고 일주일이 지나도

벽에 걸린 시계

초침 소리 무감각하듯

가까이 있는 사람도 그냥 지나갔어

한 달쯤 되어서야

방문객이 와서

울음을 멈추게 했지

아기 울음이 엄마 품에서

뚝 멈추듯 나는

가까운 사람 앞에서

그만 울고 싶었을 뿐인데

뜨겁게 비벼줘야 해

아침에 일어나면 제일 먼저

몇 번을 만지고 비비는 거야

뜨거웠던 신혼 초도

하루 몇 번씩 스킨십을 하지 못했어

자기 몸을 닳아 상대를 깨끗하게 하는

너를 보면서 알게 되었어

내가 작아지지 않으면

상대에게 상쾌한 기분을 줄 수 없다는 걸

손길의 마주침은 오염된 마음도 씻어 줘야 해

힘이 빠지고 작아져 갈 때는

더 많이 뜨겁게 비벼줘야 해

하얀 거품이 나도록

기울어지는 등

나만 그런 건 아니야

일 년 삼백육십오일

등허리를 난도질하는 통증

비 오는 한낮 낮잠을 자는가 싶더니

방망이로 온몸을 밀어대기도 해

베이고 낫고 덧나는 상처를

견디어 내는 일

주인집 가장을 보며 배우고 있어

가장으로 살아가는 어깨

아침저녁 지켜보고 있거든

누구나 살다 보면

등이 조금씩 기울어지는 거야

지구도 기울어서 돌아가잖아

3부

사라지지 않는 말

팔월 소나기

찰나의 번뜩임
한 사람이 다녀간 것은
우주가 기억하고 안부 전하고 있다

팔월 어느 날 새벽
퍼붓는 빗줄기
동네 어른은 말했다지
무슨 일이 있겠다고

그 말
폭우로도 지워지지 않은 이름
한 청년을 데리고 갔다
어른은 어떻게 알았을까

반창고처럼 달라붙는
하루하루의 분주함
너의 사진은 퇴색되어 가고

오래전 일이라는 말 콕콕 찔린다

청춘의 고뇌 힘들어하면서도

말이 평안을 번지게 하던 서른아홉

그날을 떠올리게 하고

우렁찬 소리는 청년의 나이

창에 반사된 빛은 몸의 언어

놀람은 집중으로 또렷해진 얼굴

다시 맑아진 하늘과 햇귀

아이들 대하던 네 모습

한 청년이 다녀갔다

아버지와 뻐꾸기

누구를 애타게 부르는 걸까
자정이 지나 새벽 두 시
울음소리에
잠이 오지 않는다

오래전 아버지의 첫아들
네 살 동생이 어렴풋이 떠오르고
그날 밤 아버지도
돌무덤을 생각하며 울었을 것이다

내 나이
그때 아버지의 나이보다 한참을 지나
나도 뻐꾸기 되고
차라리 소리 내 울 수 있다면

밤새 울다
어스름 새벽에야 그친 울음

뻐꾸기가 자는지, 죽었는지

누리달 마지막 밤이 밝았다
칠월의 숲은 더 성숙해지고
뻐꾸기는 짝이라도 만나
가족이 더 늘었으면

감자와 몽당숟가락

그냥 지나칠 수가 없어

아버지 어머니

가족들 떠올리며 골랐다

여름이면 외양간 한쪽 수북한 양식

몽당숟가락으로

껍질 벗기기가 싫어

고개 돌리던 기억

금방 쪄낸 햇감자는

보슬보슬

온몸으로 잘게 부서지는

첫사랑 같은 맛

식은 감자는 밍밍하고 비릿해

밀쳐내고 싶었지만

끼니가 되기도 했다

해마다 유월이면

햇감자가 기다려지는 것이

참 알 수 없는 일

가볍고 편리한 감자칼 앞에서

고향 집 감자 깎던

몽당숟가락이 생각난다

어린 시절 오래 기억하듯

나도 누군가의 손에 남을

도구가 된다면

사라지지 않는 말

어머님의 목소리가

석촌호수 철쭉 속에서 들린다

키가 작아진 어머님

아파트 공원 철쭉 앞에서

온화한 미소로 찍은 사진을 남기고

마지막 이사를 갔다

꽃 앞에서 사진을 찍으려는

사람들 사이에는 웃음만 가득하다

부드럽고 조곤조곤

꽃들 대화처럼 들리는 소리

손을 잡을 수 없는 어머님

꽃 앞에 웃고 있다

구순이 지나도 거울을 자주 보던

마음에 온유한 말 가꾸었을까

어머니 목소리는 꽃이 되어

사람들 사이에

오래도록 지지 않는

꽃을 피우라 한다

치매

까르르까르르 웃지요

한 달에 한 번 찾아오는 딸

"아줌마 누구세요?"

"엄마, 복자도 몰라"

"딸도 몰라"

그저 까르르 웃지요

살아온 모든 기억 잊어버리고

웃음 하나

몇십 년 전 먼저 간

남편 이름

사랑만 부르고

그저 까르르 웃지요

요양보호사들에게도

인기가 많은

웃음만 주는 할머니

엄마 얼굴 보면

금방 교체한 LED 전등처럼

환하게 까르르 웃지요

비엔나커피

비엔나커피는 콩국이다

찬바람이 불기 시작하면

어머니는

손으로 뭉텅뭉텅 자른 배추를 넣고

큰 솥 가득 콩국을 끓였다

그 맛을 볼 수 없는 아이는

머리에 콩물을 잔뜩 묻히고

도시 어느 카페에서

부풀어 오르는 콩국 가라앉히듯

조심조심, 쌉싸래하고 향긋한

어머니의 얼굴을

목젖에서 가슴으로 안아 본다

푸른 하늘

하늘은 한 조각
구름도 없이
눈물로 씻어 버렸다

빈 가슴
일 년 삼백육십오일
멍하니 쳐다보는

유복자 외아들 잃은
어머니의 시린 마음
여름 홍수에 흔적조차 없고

절망의 눈으로
태평양보다 더 많은
눈물바다 하늘

아들 전화

빈 둥지

창 너머 산이 푸르다

울리는 벨 소리

밑자리 까치발 걸음

몸이 먼저 기억했겠지

헛헛한 마음

바람이 전해 주었나

전화기 잡는 손에

웃음이 번지다

헛물켜지 마라

실손보험

기가 막힌 광고

골목이 긴 집

떠날 준비만 가득했던 곳

사춘기는 불만이었고

어디든 여기서 떠나기만 하면

그럴듯한 모습으로

변할 수 있을 것 같았던 시절

그곳이

천둥 치는 한 여름

소나기를 맞으면서도

지나가다 팽나무만 보여도

언젠가는 돌아갈 곳

꿈에서도

장미를 심고 있다

신고식

새 생명 태어나
백일이 되었다

핸드폰에 올라온 사진

식탁에서 밥 먹기 전에 보고
소파에 앉아서 보고
잠자리에서 보고
지하철 타고 가면서 보고

새는 노래하고
나무는 춤을 추고
꽃송이는 햇볕 따라 벌어지며
축제의 막이 열렸다

조용히 혼자 볼 일이 아니다

한 사람이라도 더

보여주고 초대하고 싶어

카톡 프로필에

사진을 전체 공개로 올린다

그 소녀를 찾고 있다

붉어진 얼굴

저녁 나팔꽃이 되던 날들

청보리밭 푸른 꿈

책가방 대신 호미 들고

굴렁밭 김매러 가던 길

또래 아이들은 학교로 갔다

팔 남매 맏이

시키는 일 다해도

칭찬 한 번 듣지 못한

허기를 채우기에도 버거운

어디든 떠나고 싶었던

그곳

꿈속에서도 잊었다고 했는데

앞산 뻐꾸기

똑같은 이름으로

그 소녀를 찾고 있다

보행기

여린 새싹으로 돌아가
베란다 봄 햇살에도 떨리는
구순의 어머님

몸의 중심을 놓치고 넘어질까
한 발 한 발 걸음마 연습이다

어느 날
창틈으로 불어오는 꽃바람에
스르르 잠들 듯 먼 길 떠나길
새벽마다 기도하다가

우주의 큰 자궁 속으로
들어갈 때까지
아들, 며느리
고생시키지 말아야겠다고

비틀비틀

C자가 되어가는 허리

걷는지 밀리는지

보행기에 몸을 맡긴 채

거룩한 한 걸음을 떼고 있다

남자의 눈물

옷 주머니마다

뭉텅뭉텅

젖은 휴지가 들어 있다

시도 때도 없이 슬픈 이야기

물에 녹아버리는

하얀 휴지에 적고 있다

아들을 얻어

기쁨이 되다가

가장이라는 어깨가 굳어 가고

쓴 소주로 꿀꺽꿀꺽

생수처럼 삼키던 덩어리

내 몫이 반을 넘었다

늘어나는 허리

한 치수 큰 바지를 사서

불투명한 내일을 입고

거친 바람에도

작아지지 않은 큰 눈

절제와 조절

망가져 버린 눈물샘

만월

불 꺼진 거실 창

줄도 없이

동그란 호박 하나 매달려 있다

가까이 가서 잡으려니

높이 도망간다

유년의 달

토끼를 부르고 싶은데

달 속에는

며칠 전 보았던

만삭의 베트남 신부가 앉아 있다

창을 열고 다시 본다

두 손

항아리 같은 배를 쓰다듬고 있다

서툰 언어로

어떤 전설을 이야기해 주는 걸까

아들, 딸

살아가야 할 곳

달이 왔나

신부가 왔나

귀한 손님

어떻게 맞이해야 하나

부푼 달빛

무심한 내 손에 비친다

이슬이 된 기도

베란다 난간 위에
동글동글하게
한 줄로 길게 적어 놓는다

새벽마다
어머님의 기도문

해가 떠오르면
하늘로
택배 보냈다며 사라진다

곶감

빨강인지

노랑인지

허여스레 분칠이

검버섯 꽃으로

피어난

구순의 시어머니

말문을 열면

달콤하고 단단한

지혜의 씨를

증손자가 받아낸다

엄마 목소리

바다로 갔지
파도 소리를 들으러

찰싹, 찰싹
귀가 열리고 있다

나는 파도만 보고 있었지
찰싹, 찰싹
되풀이되는 소리 앞에서
마음의 문이
조용히 열리고 있다

참 이상하지
반복되는 소리는 잔소리라고
엄마의 말에
귀를 막았던 사춘기

그때는 몰랐지

사랑은

변함없는 파도 소리라는 걸

찰싹, 찰싹

바다가 되어가는

엄마의 소리를 듣는다

아버지의 소변 통

흐려져 가는 인지를 붙잡고
이불에 오줌을 지리지 않으려

감추고 싶은 생식기를
소변 통에 집어넣고
밤새 손에 쥐고 있다

깜빡 잠이 든 듯 아닌 듯
손에서 놓친 소변 통
기저귀 사이로 자리에 오줌이 지리고

나는 아버지의 은밀한 생식기를
아들 목욕시키듯 닦아 드린다

굳어져 가는 육체가
이별을 말해 주고 있다는 걸 알면서도

눈물은 어느 역에서 멈추어

가슴에서만 서성인다

네모와 동그라미

말소리도 동글동글 들리는

마음도 행동도 하나가 되는

밑자리를 떠나서

도시에서 추석 맞이한다

보이는 집은 네모

가로수도 네모로 다듬어서

모서리에 찔릴 것 같은데

떠나온 자는

떠나간 이를 그리워

아버지 산소도 추석 달도

정다운 것은 모두 동그라미가 된다

어머님의 교훈

팔십이 넘으신 허리

오체투지로

소쿠리 가득 꾹꾹 눌러 캐어서

쑥인절미를 보내왔다

아침도 쑥떡

점심도 쑥떡

저녁도 쑥떡

떡순아, 떡순아

남편은 위층까지 들리게

큰 소리로 부른다

어머님의 정성으로

이순이 넘은 아들 며느리

새록새록 찰지고 고소하고

해쑥처럼 향긋하게 살라 한다

인간에 대한 믿음과 자연에 대한 사랑

이승하

(시인 · 중앙대 교수)

인간에 대한 믿음과 자연에 대한 사랑

이승하

(시인 · 중앙대 교수)

동양과 서양의 시가 출발점이 다른 것이 재미있다. 동양에서는 시의 원류를 공자(BC 550~480년경)가 편찬한 『詩經』으로 삼고 있다. 전란이 심했던 춘추전국시대에 전국에서 명성을 듣고 찾아온 제자들에게 인의예지(仁義禮智)에 입각한 정치철학을 가르치면서 지내던 공자가 널리 읽힐 책 한 권을 편찬할 생각을 품었다. 우리가 추석이나 설 명절을 쇠는 것처럼 중국에서도 명절이 되면 고향에 가서 일가친척에게 인사도 드리고 성묘도 하고 제사도 지내고 했던 모양이다. 어느 해인가부터 명절에 고향에 다녀오는 제자들에게 그 고장의 민요 가사를 채록해 오라는 숙제를 내주었다. 수년간 수백 편의 민요 가사를 모아서 그중 좋은 작품 305편을 모아 펴낸 것이 바로 『詩經』이다. 5경 중 하나인 이 책은 크게 풍·아·송으로 분류되고 모두 노래로 부를 수 있다. 풍은 민간에서 채집한 민요 160편이다. 아는 소아 74편과 대아 31편으로 구성되며 궁중에서 쓰이던 작품이 대부분이다. 송은 주송 31편, 노송 4편, 상송 5편인데, 신과 조상에게 제사 지내는 악곡을 모은 것이다. 이 가운데 서정시는 풍 160편인데 남녀 간의 연모를 다룬 사랑시가 대부분이다. 동양에서는 '詩'라고 쓰지 않고 '詩歌'라고 썼다.

한편 서양에서 시의 원류로 삼는 것이 호메로스(BC 800~750년경)가 쓴 전쟁서사시 「일리아스」와 「오디세이아」이다. 「일리아스」는 트로이전쟁을 다루었고 「오디세이아」는 트로이 전쟁의 영웅 오디세우스의 10년간에 걸친 귀향 모험담이다. 서사시 다음에 극시가 등장하는데 희곡을 시로 쓴 것이라 생각하면 된다. 3대 비극 작가로 아이스킬로스, 소포클레스, 에우리피데스가 있고 희극(喜劇)을 쓴 아리스토파네스가 있었다. 그다음 단계에야 서정시가 등장하는데 사포(BC 630~570년경)의 시에는 남녀 간의 사랑과 이별, 짝사랑과 삼각관계, 그리움과 외로움이 종종 소재로 다루어졌다. 부모·자식 간의 사랑, 형제끼리의 우애, 동료 간의 협동심, 동성 간의 연애도 다뤘으니 인간이 가질 수 있는 거의 모든 감정을 시로 노래한 시인이었다.

시인이 두 번째로 펴내는 시집의 해설을 쓰는 자리에서 왜 문학개론을 펴고 있는 것일까? 성정희 시인이야말로 동양과 서양 시의 원류 중 하나인 서정시의 계보를 충실히 잇고 있기 때문이다. 이번 시집은 자연과 생명, 삶과 일상, 가족과 인연 세 범주로 나눌 수 있는데 모두 서정시에서 가장 중요하게 다뤄지던 소재요 주제가 이 범주에 들어 있다. 게다가 한국 현대시가 장형화, 산문화, 독백체가 심해지고 있고 독자와의 소통을 무시하는 경향이 심해지고 있는 추세인데 성 시인의 시는 전통 지향적이고 정격이다. 해설자도 젊은 시절에는 수많은 파격을 실험정신이라는 명목 아래 써서 『우리들의 유토피아』나 『공포와 전율의 나날』 같은 시집을 냈지만 다 한때의 치기였다. 자, 이제 잡설은 그만하고 시의 공간이 광대무변하고 시간이 웅숭깊은 자연과 생명에 대해 쓴 시부터 살펴볼까 한다.

아무것도

바르지 않은 민낯에

알몸인 산 앞에 설 때

두꺼운 외투를 입을 수는 있어도

부지런히 쌓아 온

자랑과 체면은

내려놓아야 한다

산은 조용히 말한다

너도 다 벗어버리고

나에게 오너라

그리하면

나는

좋은 친구가 되어 주마

- 「겨울 산」 전문

　산을 의인화한 시다. 산은 인간에게 부지런히 쌓아 온 자랑과 체면을 내려놓을 것을 권유하고 있다. 때가 되면 다 땅으로 돌아갈 운명인 인간이 영원히 살 것처

럼, 영원히 소유할 것처럼 욕심을 내고 있는데 다 부질
없음을 산의 입을 통해 독자에게 전하고 있다. 시인이
깨달은 것을 자연의 순환 논리에 인간의 생로병사를
빗대어 들려주는 시는 여러 편 보인다.

여름 어느 날 봉오리를 맺고

기다리는 기쁨을 주었다

꽃이 피어 가족들 얼굴 환했는데

붉어서 더 좋은

최고의 찬사를 듣고는

모두 잠든 시간에

꽃잎이 부서지고 떨어져 있다

시들어가는 꽃을 보았다면

더 오래 눈 맞추고

시든 꽃잎 마지막 손길

다듬어 주기도 하였을 텐데

멍하니 화분만 바라보면서

건강한 지인

부고장을 받아 멈춘 시간

- 「동백이 지고」 전문

　　중국에서 예로부터 내려오는 5자성어로 '花無十日
紅'이란 것이 있다. 아무리 예쁜 꽃이라도 한 나무에 열
흘 이상 피어 있진 않더라는 뜻이다. 동백이 봉오리를
맺고 꽃을 피우고 참 좋았는데 며칠 지나지 않아 "시든
꽃잎 마지막 손길"을 해주어야만 하다니! 마지막 연이
반전이다. 화분의 동백은 졌고, 건강했던 지인의 부고장
을 들고 화자는 망연자실하여 멍하니 동백을 바라보고
있다. 하지만 그 열흘(혹은 그보다 더 짧게) 동안 피어 있
기 위해 식물은 얼마나 필사적인 노력을 했을 것인가.

좁은 틈, 그 앉은자리가

스스로 지켜낸 자리임을

끝까지 지켜낸 꽃 앞에서

- 「작은 생명」 제3연

꽃잎 몇 장으로 피어난 것이 아니다

한 송이 꽃이 된 것은

몇십 장의 꽃잎이

흩어지지 않고 함께 머물러서다

　　　　　　　　　－「한 송이로 모이는 이름」 제1연

뿌리를 지켜온 것들에는

새싹을 밀어 올리는

대지의 힘이 살아 있다

　　　　　　　　　－「봄을 기다리는 것은」 제2연

　저절로 피어나는 꽃은 이 세상에 없다. 나무의 새싹과 가지도 마찬가지다. 살아보려고 발버둥이를 쳐야 한다. "빛보다 먼저 그늘을 살피며/ 꺾인 자리 다시 옆으로 뻗칠 거야/ 가시덤불도 나를 말리지 못해"(「고사리」)나 "끝까지 매달린 생명/ 여린 잎새에 바람과 천둥 번개/ 스치고 지나간 상처들/ 잎마다 선명한 흔적이 남아 있다"(「흔들리면서 남은 것들」) 같은 구절을 보면 식물도 동물에 못지않게 생존하기 위해 엄청나게 노력하고 있다는 것을 알 수 있다. 생존에의 의지가 다들 치열하다.

　그런데 시인에게 제주도에서 피어나는 꽃은 의미가 좀 다르다. 제1부에 제주도를 공간적 배경으로 삼은 시가 여러 편 보이는데 제주도는 1947년 4월 3일에 남로

당의 무장봉기가 원인이 되어 경찰이 수많은 제주도 양민을 학살하는 4·3사건이 일어났던 곳이다. 제주도에는 '곶자왈'이라고 있는데 참으로 특이한 원시림 지대이다. 돌이 많아서 지형이 울퉁불퉁하고 나무와 덩굴들, 양치류 등이 정글처럼 우거져 있다.

4·3 이야기는 비밀이었다

어머니와 아버지

삼촌들은

동굴에 숨어 살았다

밤새 어디서 총살될지 몰라

입을 다물었다

곶자왈에서 동면한 뱀

봄이 되어도 나오지 못한 채

자식에게도 자세히 전하지 못한

70년이 지난 후 4월

분홍으로 산화된 넋들이

한라산에 피어나고

관덕정

말 없는 돌하르방 큰 눈망울

유난히 하얗게 불 밝힌

벚나무의 부활을 보고 있다

-「돌하르방 봄」 전문

　어머니와 아버지, 삼촌들이 숨어 산 동굴도, 뱀이 동면한 곶자왈도, 관덕정(왕조 시대 병사들의 훈련장이면서 4·3사건의 발상지) 앞에 있는 돌하르방의 큰 눈망울도 4·3의 아픔을 기억하고 있는가 보다. 시인이 직접 겪지는 않았지만 제주도 사람들에게 4·3사건은 70년이 지나도 지워지지 않는 상흔으로 남아 있다. 가족이나 친척 중 한 사람은 반드시 피해자이기 때문일 것이다. 시인도 4월이 되면 한라산에 피어나는 분홍색 꽃들이 그때 산화한 이들의 넋처럼 느껴진다고 한다. 곶자왈에서 뺑이 순을 먹던 어린 시절의 일도 생각이 난다.

청보리밭에

이삭이 트기 시작하면

곶자왈에는 뺑이 순이 올라오고

돌무덤 사이에는

아가의 손처럼 고사리가 있고

눈처럼 하얀 찔레꽃도 피었다

삥이 순을 뽑아

하얀 속살을 씹다가

돌무덤이 멈칫 무서워도

동네 아이들은 찔레의 여린 순

달짝지근한 맛에

가시에 손이 찔리면서도

혀의 유혹을 떨치지 못했다

어른이 된 나는

장례식장 하얀 꽃 앞에서

오래도록 찔레꽃을 생각하고

손이 아닌 가슴으로

밥 한 그릇을

민망하게 먹고 있다

－「하얀 꽃 앞에서」 전문

삥이 순이란 아마도 뻘기 순을 가리키는 것일 텐데,
청보리밭에 이삭이 트는 이른 봄에 곶자왈에서 뜯어

먹었던 적이 있나 보다. 돌무덤 사이에는 아가 손 같은 고사리도 피어 있고 하얀 찔레꽃도 피어 있다. 삥이 순의 여린 속살과 찔레의 여린 순을 씹어 먹곤 했으니 지금의 독자는 이해하지 못할 것이다. 그때는 그런 것이 아이들의 군것질거리였다. 그런데 세월이 흘러 장례식장에서 하얀 국화꽃을 보고 어린 날 나무순을 먹었던 하얀 찔레꽃을 떠올린다. 현실의 나는 아이러니하게도 "손이 아닌 가슴으로/ 밥 한 그릇을/ 민망하게 먹고 있다". 먹어야 사니까 슬픔은 슬픔이고 끼니는 때워야 한다. 제주도민의 삶을 다룬 시도 보인다.

바람

오염된 공기는 얼씬도 못 하게

함부로 끼어들지 말라고

세차게 몰아친다

돌담

돌밭에서 거친 바람도 막고

열 자식도 길러냈다

돌부리 부딪혀도

성질부려 걷어차지 마라

여자

해녀의 숨비소리 기억해라

모찌기 노래처럼

가족의 생명줄 이어 왔다

누구라도 한 번쯤은

가고 싶은 그곳에는

돌담처럼 묵묵히 버텨 온 사람들

오름처럼 둥글게 살아간다

– 「삼다도」 전문

비록 역사의 회오리바람 속에서 많은 사람이 억울하게 죽었지만 바람과 돌과 여자가 많은 제주도에서 사는 사람들의 생명력은 남다르다. 끈질긴 생명력으로 "돌담처럼 묵묵히 버텨 온 사람들"이라 "오름처럼 둥글게 살아간다". 그렇다. 생명체는 살아 있는 한 살아야 하는 것이다. 이것이 생명의 법칙이요 자연의 이법이다. 그러므로 사상이니 체제니 따지면서 서로 죽이는 일이 사실 얼마나 허망한 것이었던가. 어차피 화무십일홍이요 오래 살아봤자 100년인데. 이러한 제1부의 사

상이 집약된 시가 있다. 살아 있는 한 살려고 노력해야
하며, 살아 있는 한 타자에게 온정을 베풀라는 내용의.

창가의 햇살은

의자 하나를 갖다 놓게 한다

창밖은 영하의 날씨

앞산은 장례식 상주의 옷처럼

색을 모두 잃고 서 있다

지인의 갑작스러운 부고장

짧은 인사로 다녀온 조문

산을 바라보는 나는

눈으로 덮어 버린 색들이

자꾸만 떠오르는데

마음에 의자 하나

놓아 주지 못해서

햇살은 의자가 되라 한다

－「햇살이 내어준 자리」 전문

지구상의 모든 생명체는 사실 태양이 보내주는 에너지 덕분에 생명을 유지하고 있는 유기체다. 햇살, 햇볕, 햇빛이 있어서 식물은 자라고, 초식동물은 그 식물을 먹고, 육식동물은 초식동물을 먹는 먹이사슬이 유지되는 것이다. 우리 인간도 햇볕을 쬐지 않으면 비타민D를 따로 먹어야 한다. 위의 시는 겨울에 창가의 햇살이 좋아 의자를 갖다 놓고 해바라기를 하는 데서 시작한다. 창밖은 영하의 날씨라 앞산이 장례식 상주의 옷처럼 색을 모두 잃고 서 있다는 표현이 의미심장하다. 제3연에 이르면 지인의 부고를 접하고서 조문 다녀오는 것으로 내용의 변화가 온다. 그리고 제4, 5연을 보자. 의자는 무엇인가. 사람이 앉아서 일할 수도 있고 쉴 수도 있다. 어쨌거나 사람이 엉덩이를 대고 제2의 행동을 하거나 쉬거나 간에 의자는 인간에게 가장 필요한 생활 도구이다. 햇살은 화자에게 의자가 되라고 한다. 지인 살아생전에 그를 위해 의자 노릇을 못 해준 미안함이 이 시를 쓰게 한 것이 아닐까.

시집은 제2부로 접어들어 멀찍이 바라보던 자연에서 생활 혹은 일상의 차원으로 내려온다. 백화점의 그릇매장에 갔더니 화려한 그릇과 도예가가 만든 개성 있는 그릇도 멋있어 보이지만 무늬 없는 그릇에 정이 더 간다. 무늬 없는 그릇은 사람의 시선이 그릇이 아닌, 그릇에 담긴 음식에 가게 한다. 그것이 그릇의 본분이기도 하다.

꾸밈없는 얼굴에 음식을 담으면

오로지 음식만 돋보이고

내가 꽃이 아니어도

상대를 꽃이게 한다

자주 만나지 않아도

명절 때는 꼭 찾게 되는

무늬 없는 그릇은

변하지 않는 중심이다

– 「무늬 없는 그릇」 후반부

무늬 없는 그릇은 "내가 꽃이 아니어도/ 상대를 꽃이게" 하는 겸손함을 내게 가르쳐 준다. 나를 낮춤으로써 상대방을 높일 수도 있고, 상대방을 높임으로써 나를 낮출 수도 있는데 교만한 우리는 그렇게 하지 않는다. 그러므로 이 시는 일종의 자경록이라고 할 수 있겠다. 생활의 지혜라고 할까, 깨달음의 경지는 선방에 가야 터득할 수 있는 것이 아니다. 아래 시들에도 시인이 살아가면서 얻게 된 생활철학 같은 것이 담겨 있다. 연륜이 쌓여 인생의 달인이 되었다고 할 수도 있겠지만 시인 자신이 자세를 줄곧 낮추고 살았기 때문에 가능했으리라 본다.

삶의 끈이 흔들리던 날

한 그릇의 국밥으로 와서

생명의 단단한 힘줄을 만들게 한다

-「콩나물국밥」마지막 연

며칠만 기다려주자

반듯하고 가볍게

떠나 주겠지

한때 흔들렸지만

오랜 주인이 동행이야

-「낡은 소파」후반부

차라리 침묵했다면

몽돌의 묵직함으로

관계가 튼실했을 텐데

말은 줄이고

사랑만 가득 찬 항아리 하나

남길 수 있기를

– 「사랑 항아리」 후반부

　시의 소재가 지극히 일상적으로 생활하는 가운데 접할 수 있는 물품들이다. 콩나물국밥은 거창한 조리법이 필요한 것이 아니다. 사 먹어도 되고 해 먹어도 된다. 콩나물은 응달에서 물만 주고 키운 것임에도 우리의 삶에 활력소 역할을 할 수 있다. 우리가 콩나물보다 못한 존재가 되어서는 안 되는데 생각이 쑥쑥 자라지는 않는다.

　낡은 소파는 우리 식구의 엉덩이와 등을 받쳐주었던 가구다. 몇 년 동안 정이 듬뿍 들었지만 어떻게 하랴. 물건이란 버리지 않을 수 없을 때가 오면 버려야만 하는 것을. 생활에서 철학을 도출한 시를 한 편 더 보자.

설거지하다가

구석진 곳에 숨어 있던

의식을 꺼낸다

오랫동안 행해 온 습관

거품이 있어야 그릇도, 빨래도

잘 씻었다는 손의 기억을

지우는 데는 오래 걸린다

부풀어 오른 세제처럼

순간을 포장했던 이름들

넘겨버린 달력에서 걸어 나와

금방 정리가 끝난 싱크대에 앉아 있다

흐리거나 맑거나

밥은 먹어야 하는데

내 안에 간수看守는

지켜보고 있을 것이다

날마다 거품이 없는지

－「거품을 지우는 일」 전문

식당 밥을 삼시 세끼 먹지 않는 한 설거지를 해야 한다. 설거지를 해본 사람은 세제를 쓸 것인가 말 것인가, 적게 쓸 것인가 많이 쓸 것인가를 두고 매일 고민하게 될 것이다. 거품을 많이 쓰면 깨끗하게 설거지가 되겠지만 환경을 오염시키니 난감하다. 화학물질인 세제가 물에 섞여 가는 곳이 결국 하천이고 강이고 바다이니 말이다. "부풀어 오른 세제처럼/ 순간을 포장했던 이름들"이 싱크대에 앉아 있고 "내 안의 간수看守"가 날마다 거품이 없는지 지켜보고 있으니 진퇴양난이라고 해야 할지 모순이라고 해야 할지. 일상성이 도드라진 시편으로 「저녁에는 술잔을 들자」「사랑 항아리」「짝」(화초 지지대)「바닥의 숨」(택배로 온 귤 상자)「밥심」(호박)「고리」(자석 팔찌) 등이 있다. 시인의 소소한 일상이 시가 되는데 다 삶의 지혜나 인생의 철학이 조금씩은 내포되어 있다. 이 가운데 한 편만 보자.

시골에서 얻어온 호박

한쪽은 푸르스레

한쪽은 누르스레

환절기 옷차림이다

혼자 살겠다는 아들 딸

겉모습만 보지 말고

어우러지는 맛 만들어 보라

큰 그릇에

못난이 재료 듬뿍 넣어 끓이니

자꾸 손이 가는 맛이다

둥그렇게 둘러앉아

부딪히는 웃음소리가 커지고

씨름 선수 허벅지 같은 힘은

혼자서는 어림도 없다

-「밥심」 전문

　혼자 살겠다는 아들, 딸이 시인의 자식은 아닐 것이다. 우리 주변을 보면 요즘 이런 젊은이들이 정말 많다. 일종의 사회현상 같다. 이런 난감한 세태에 직면한 화자는 '어우러지는' 맛을 만들어 보라고 권유한다. 그럼 "둥그렇게 둘러앉아/ 부딪히는 웃음소리"가 커질 거라고 한다. "씨름 선수 허벅지 같은 힘은/ 혼자서는 어림도 없"는데 혼자 살겠다는 사람들이 점점 늘고 있다. 밥

심은 혼자 내는 것이 아니라고 시인은 또 말한다. 제2
부의 시를 통틀어 '생활의 발견'이라고 할 수 있을 텐
데, 이 제목은 홍상수 영화, KBS의 프로그램명, 개그콘
서트의 한 코너이기도 하지만 아무래도 중국의 임어당
의 수필집『생활의 발견』과 제일 가깝다고 여겨진다.
어떻게 사는 것이 가장 바람직한 삶인지 찾아가는 과
정을 보여주고 있기에.

　제3부에는 가족이 등장하는데 시인의 가족일 수도
있고 친척이나 지인, 혹은 이웃일 수도 있다. 인간의 생
로병사가 제3부에 고스란히 나온다. 生, 老, 病, 死 하나
씩 살펴보도록 하자.

새 생명 태어나

백일이 되었다

핸드폰에 올라온 사진

식탁에서 밥 먹기 전에 보고

소파에서 앉아서 보고

잠자리에서 보고

지하철 타고 가면서 보고

새는 노래하고

나무는 춤을 추고

꽃송이는 햇볕 따라 멀어지며

축제의 막이 열렸다

조용히 혼자 볼 일이 아니다

한 사람이라도 더

보여주고 초대하고 싶어

카톡 프로필에

사진을 전체 공개로 올린다

-「신고식」 전문

손자인지 손녀인지 모르겠는데 백일이 되어 찍은 사진을 온 천지의 사람들에게 보여주고 싶은 할머니의 부푼 마음이 고스란히 담겨 있다. 너무나 예쁘고 자랑스러워 카톡 프로필에다 사진을 전체 공개로 올리는 데서 시가 끝난다. 할머니는 새 생명의 탄생이 너무나 기뻤던 것인데, 이 기쁨은 동서와 고금이 다르지 않을 것이다.

이제 '老'에 관련된 시를 보고자 한다. '老'로 시작하는 한자어로는 노인, 노안, 노약, 노욕, 노경, 노구, 노망, 노추, 노환, 노탐, 노쇠 등 그다지 좋지 않은 것들이 떠오른다. 더구나 치매를 소재로 한 시는 백이면 백 편이 다 비극적인 상황에 놓인 본인이나 가족을 다루는데 뜻밖의 시가 보인다.

까르르까르르 웃지요
한 달에 한 번 찾아오는 딸
"아줌마 누구세요?"
"엄마, 복자도 몰라"
"딸도 몰라"
그저 까르르 웃지요

살아온 모든 기억 잊어버리고
웃음 하나
몇십 년 전 먼저 간
남편 이름
사랑만 부르고
그저 까르르 웃지요

요양보호사들에게도

인기가 많은

웃음만 주는 할머니

엄마 얼굴 보면

금방 교체한 LED 전등처럼

환하게 까르르 웃지요

- 「치매」 전문

　　치매 환자가 된 화자의 엄마는 늘 웃고 있다. "요양
보호사들에게도/ 인기가 많은/ 웃음만 주는 할머니"이
다. 한 달에 한 번 면회 오는 딸과 치매 엄마 사이의 대
화도 재미있다. 그런데 "몇십 년 전 먼저 간/ 남편 이름/
사랑만 부르고/ 그저 까르르" 웃는 것을 보니 생의 신
산함은 다른 사람들 못지않았음을 알 수 있다. 치매가
오면 대체로 아이로 돌아가 불만 많고 질투 많고 욕심
많은 사람으로 변해 주변 사람들을 힘들게 하는데 이
시 속의 엄마는 반대로 명랑소녀로 변했다. 그러니 나
도 "엄마 얼굴 보면/ 금방 교체한 LED 전등처럼/ 환하
게 까르르" 웃게 되는 것이다. 늙음의 의미를 반드시 비

극으로 다루지만은 않겠다는 시인의 결심이 구현된 작품이다. 그러고 보니 노대가, 노(익)장, 노련하다 등 좋은 뜻으로 ‘老도’자를 쓰는 경우도 있다. ‘老’를 꼭 비관적으로 볼 필요가 없음을 강조한 시가 한 편 더 있다.

팔십이 넘으신 허리

오체투지로

소쿠리 가득 꾹꾹 눌러 캐어서

쑥인절미를 보내왔다

아침도 쑥떡

점심도 쑥떡

저녁도 쑥떡

떡순아, 떡순아

남편은 위층까지 들리게

큰 소리로 부른다

어머님의 정성으로

이순이 넘은 아들 며느리

새록새록 찰지고 고소하고

해쑥처럼 향긋하게 살라 한다

- 「어머님의 교훈」 전문

하하, 아무리 시골의 팔순 어머님(시어머니여서 '어머님'으로 표현한 것이 아닐까) 이 쑥떡을 해서 보냈기로서니 아침, 점심, 저녁을 떡으로 때우다니. 그런데 화자는 삼시 세끼를 떡으로 해결해도 아무렇지도 않다. 남편은 떡순아, 떡순아 하고 놀린다. 어머님이 정성을 다해 만든 떡은 찰지고 고소한데 그 떡에서 "해쑥처럼 향긋하게 살라"고 하는 그분의 소망을 읽어낸 시인의 안목도 놀랍다. '老'의 의미를 탐색한 다음과 같은 시도 어둡지만은 않다.

여린 새싹으로 돌아가

베란다 봄 햇살에도 떨리는

구순의 어머님

(중략)

비틀비틀

C자가 되어가는 허리

걷는지 밀리는지

보행기에 몸을 맡긴 채

거룩한 한 걸음을 떼고 있다

－「보행기」 부분

　살아 있는 한 살려고 애쓰는 것이, 살려고 애써야 하는 것이 사람이어야 한다. 화자는 시어머니 모습을 보고 무한한 존경심을 보낸다. 老는 체념이 아니라 ‘애씀’이어야 한다. 바로 그것을 얘기하려는 시인의 의도에 또한 존경심을 보낸다.

　‘病’과 ‘死’는 항용같이 가게 마련인데 이 시집에서 제일 슬픈 시는 형제의 이른 죽음을 다룬 시편이다.

오래전 아버지의 첫아들

네 살 동생이 어렴풋이 떠오르고

그날 밤 아버지도

돌무덤을 생각하며 울었을 것이다

－「아버지와 뻐꾸기」 제2연

유복자 외아들 잃은

어머니의 시린 마음

여름 홍수에 흔적조차 없고

- 「푸른 하늘」 제3연

자식을 잃은 고통이 이렇게 크다. 하지만 어쩌랴. 다른 자식이 자라고 있는데. 슬픔의 늪에만 빠져 있으면 현실을 소홀히 다루게 된다. 목숨[生]이 사는[活] 것이 '생활'이다. 생명은 활동해야 살아갈 수 있다. '삶'이라는 말은 분명히 '살다'에서 왔을 것이다. 어머니의 잔소리가 잊히지 않아 "참 이상하지/ 반복되는 소리는 잔소리라고/ 엄마의 말에/ 귀를 막았던 사춘기"(「엄마 목소리」)였는데 세월이 한참 흘러 이제는 어머니의 목소리가 이 나이가 되어 자꾸 들린다. "어머니 목소리는 꽃이 되어/ 사람들 사이에/ 오래도록 지지 않는/ 꽃을 피우라 한다"(「사라지지 않는 말」)는 며느리(혹은 딸)에게 시를 써서 사람들 사이에 오래도록 지지 않는(화무십일홍이 되지 않는) 언어의 정화精華, 곧 서정시를 쓰라는 당부를 하신 것이 아닐까. 그러니까 제3부의 시는 인간의 생로병사를 다루되 비극적 정황에 침몰하는 내용을 애써 피하면서, 생명의 의의와 생활의 의미를 짚어본 작품들이라 볼 수 있다. 생로병사는 결국 자연의 법칙이니까 말이다.

　이상 성정희 시인의 새 시집이 지니고 있는 내용을 몇 편의 시를 인용하면서 주마간산 격으로 살펴보았다. 시인의 어머니가 구순에도 걸음을 옮기며 족적을 남겼듯이 이번 시집은 2019년에 등단한 신진 시인의 두 번째 시집이다. 앞으로 한국 시단에 또 어떤 발자취를 남길지 기대하면서 해설 쓰기를 이쯤에서 마칠까 한다.